LE BAISER DU MAMMOUTH

À Arthur, l'aventurier de l'amour.

Éditeur : François Martin assisté de Fanny Gauvin
Directeur de création : Kamy Pakdel
Conception graphique : Guillaume Berga et Christelle Grossin
© Actes Sud, 2015 – ISBN 978-2-330-04824-2
Loi 49-956 du 16 juillet 1949 sur les publications destinées à la jeunesse.

ROMAN

LE BAISER
DU
MAMMOUTH

ANTOINE DOLE

ACTES SUD JUNIOR

1

Tous les jours, à la même heure, je reste à la fenêtre. Et je guette le bas de la rue, au loin.

Je ne dis plus rien. Je retiens mon souffle. Je ne cligne plus des yeux, j'aurais trop peur de louper quelque chose.

Et tant pis si les copains m'attendent dans le jardin de Noé pour capturer des cow-boys, des Indiens ou des extra-terrestres.

Tant pis si je rate un nouvel épisode de Magic Eddy à la télévision.

Tant pis si mes armées de Playmobil se livrent une guerre intersidérale au pied de mon lit et qu'il n'y a personne pour piloter le grand vaisseau.

J'ai plus important à faire.

C'est pareil tous les jours de la semaine, du lundi au vendredi, chaque fin d'après-midi.

Je rentre de l'école, j'avale mon goûter en deux minutes, je me dépêche de faire mes devoirs, et je me poste là, derrière la fenêtre de ma chambre.

Je ne bouge plus. Je ne dis plus rien. J'attends.

Une forme qui dépasse d'un muret, une branche qui s'agite sous le vent, une voiture qui tourne au coin de la rue, et mon cœur s'emballe. C'est bête un cœur, ça s'ouvre pour un rien, et ça bat la chamade, ça s'épluche même, comme un artichaut.

Quand je suis là, debout à la fenêtre, il reste sur le qui-vive, il se tient prêt à bondir dans le paysage de béton pour danser, jouer, rigoler. Alors il faut que je prenne une grande inspiration pour qu'il se calme un peu, ce cœur si pressé de respirer l'air frais du dehors. Je lui répète qu'il faut attendre. Attendre l'heure exacte, la minute précise. Le moment où ce sera elle qui apparaîtra juste là, au bout de la rue. C'est vrai quoi, un cœur on en a qu'un, je peux pas prendre le risque de le briser par terre, pour rien.

Elle, c'est Fiona. La meilleure amie de ma grande sœur, Louise.

C'est mon amoureuse, sauf qu'elle ne le sait pas encore. C'est comme ça depuis qu'on a joué à Mario Bros ensemble pendant les grandes vacances et qu'elle a pu finir six niveaux d'affilée sans mourir une seule fois. Paf ! À ce moment-là, c'est comme si mon cœur était passé au niveau supérieur avec elle. Moi, j'y arrive jamais, y a toujours une carapace sur laquelle je trébuche, un boomerang ou un missile qui me touche en pleine tête. Mais Fiona, elle a réussi direct, sans tomber dans un trou ni se prendre les pieds dans une plante carnivore tout droit sortie d'un grand tuyau. Et genre d'une main, en piochant de l'autre des bonbons dans le paquet posé entre nous. Elle a sauté par-dessus les précipices, elle a écrasé les monstres champignons les uns après les autres et bondi par-dessus les carapaces vertes et rouges. Elle n'a même pas eu peur, elle n'a même pas crié. Alors que moi, je suis mort au moins dix mille fois simplement parce que je pouvais pas m'empêcher de la regarder faire ; ses cheveux blonds retombant sur son visage, elle soufflait sur ses mèches pour les faire s'envoler tout en martelant les boutons de la manette.

Cet après-midi-là, j'ai tout de suite compris que je serais bien avec Fiona, pas seulement pour le reste de l'après-midi mais pour le reste de la vie. Une idée claire de ce qui nous attendait : elle irait au boulot pendant que je regarderais les dessins animés ou que je m'amuserais avec les copains, et le soir on jouerait ensemble à Mario Bros. Et comme ça, tous les jours, toute la vie. Aucun doute, ce serait bien.

Mais la journée est passée, les grandes vacances aussi, puis les mois qui ont suivi. Et j'ai rien dit à Fiona. Toujours rien. Parce que j'avais lu des choses dans les livres, sur ces papillons qu'on a dans le ventre quand on est amoureux, et que je n'avais vraiment pas envie de me mettre à cracher des insectes quand il faudrait que je lui dise ce que je ressens pour elle.

J'y ai réfléchi pourtant, aux choses à lui dire. C'est pas très compliqué : "Fiona, je suis tombé amoureux de toi." J'ai d'abord trouvé ça simple, clair et précis. Puis j'ai repensé à la dernière fois où j'étais tombé de quelque chose. C'était de mon vélo. Et c'était pas joli à voir, il y avait du sang partout. J'avais pas très envie que Fiona fasse la grimace en pensant à ça. Parce que oui, Fiona, j'en suis tombé amoureux comme on tombe de vélo. Hop, sans m'en rendre compte, mes roues avaient quitté le sol et ça recommence chaque fois que je pense à elle.

C'est bientôt l'heure. Je reste posté devant la fenêtre. Parce que d'une seconde à l'autre, elle va apparaître au bout de la rue.

Tous les jours, Fiona et Louise rentrent ensemble du lycée quand leurs cours sont terminés. Elles passent le bout de la rue, là-bas, juste avant le local à poubelles. Elles remontent le long du trottoir. Elles s'arrêtent, redémarrent, s'arrêtent, redémarrent. J'ai l'impression que ça dure des heures, des heures durant lesquelles je peux regarder Fiona en train de rire, secouer ses cheveux, faire de grands gestes avec les bras. En vrai, ça ne dure que quelques minutes, parce que la rue n'est pas si grande. Mais je mâche chaque seconde, lentement, avant de l'avaler. Fiona ne voit pas que sous les semelles de ses chaussures, sur chaque feuille morte qui traîne par terre, il y a des centaines de poèmes que j'ai écrits en l'attendant, que chaque minuscule gravier qui roule sous ses baskets est un petit mot tendre qui s'est fossilisé. Il n'y a rien d'autre à faire, rien d'autre à penser. Je sais qu'à tout moment, si un monstre champignon sort d'un buisson, elle saura quoi faire, pas besoin de s'inquiéter.

Tous les jours, c'est pareil. Arrivées devant chez nous, elles discutent encore un peu en bas avant que Fiona ne disparaisse derrière le grand portail gris de la maison d'à côté. Parce que Fiona, c'est aussi notre voisine, et c'est drôlement pratique : si elle et moi on se marie un jour, elle n'aura pas à déménager bien loin de chez elle !

Ça fait partie de ces détails qui prouvent qu'on est faits l'un pour l'autre. Ainsi que, en vrac et dans le désordre : elle aime les jeux vidéo, comme moi. Elle aime la glace à la menthe, comme moi. Elle aime regarder Fort Boyard, comme moi. Elle retire les cornichons de ses hamburgers, comme moi.

Bon, elle aime les crêpes avec du sucre et moi je les préfère au Nutella, mais je veux bien faire un effort pour elle.

Quand je l'écoute parler, mon oreille collée contre la porte de la chambre de Louise, je suis d'accord avec tout ce qu'elle dit, même si je ne suis pas bien sûr de comprendre ; ces choses qu'elle trouve "stylées" et ces trucs qui lui mettent le "seum".

Comme j'ai lu que "Qui se ressemble s'assemble", tout ça m'arrange bien. Mais comme j'ai aussi lu que les opposés s'attirent, j'ai mis d'autres informations de côté : les parents de Fiona ont glissé des éclats de soleil dans ses cheveux alors que les miens sont pleins de restes de nuit. Les gestes de Fiona ont un parfum de vanille alors que moi je sens la mort sous les bras. Et puis Fiona est plus jolie que Carla, ma cousine qui veut devenir mannequin, alors que Louise me dit sans arrêt que je suis trop moche (même pas vrai, c'est elle, la moche). Je sais enfin que Fiona est calée en histoire-géographie et en mathématiques (c'est bien, je pourrai compter sur elle pour faire mes devoirs à ma place !) alors que moi je préfère les cours de dessin et de sport.

Bref, j'ai pensé à tout. Et le reste ne compte pas vraiment, on se débrouillera.

Y a juste un truc.

Un seul problème.

Un détail peut-être, mais ça bloque, ça coince.

Quand je déclare à Fiona que je la trouve trop chouette, elle me pince la joue et me répond que je suis trop mignon avant de se remettre à parler à Louise. Quand je lui dis qu'elle est super belle, elle me fait un bisou sur le front et secoue mes cheveux d'une main avant de tourner la tête ailleurs. Et quand je lui dis que j'aime bien être avec elle, elle pose une main sur mon épaule et me répète que je suis très gentil, c'est tout.

Mais je veux ni être mignon ni être gentil. Ni qu'elle me pince la joue. Ni qu'elle ébouriffe mes cheveux. Je veux être son amoureux.

Chaque fois, je me sens comme un petit machin qui sert à rien, un bidule de pas d'importance.

Parce que Fiona a quinze ans.

Et moi seulement neuf.

Mais ce n'est pas le moment de penser à ça.

Il doit bien y avoir une solution. Il faut juste la trouver.

Je regarde Fiona remonter la rue.

Je la regarde rire.

J'espère qu'elle va venir à la maison.

Elle discute avec Louise en bas.

Je me dis qu'elle va venir, c'est sûr.

Mais elle rentre chez elle.

Je reste à la fenêtre encore quelques minutes.

On est vendredi. C'est fini pour cette semaine.

De la fenêtre de ma chambre, on ne voit pas son jardin.

Maman m'appelle pour que je vienne aider à la cuisine.

Ce soir, pour moi, ce sera soupe à la grimace.

2

À table, Louise n'arrête pas de parler. De Jeremy, de Louis, de Thomas, de Karim ; de Brittany Peach et de son nouvel album ; de chanteurs à mèches dont elle prononce les noms si vite qu'ils se ressemblent tous ; du contenu de chaque tiroir de sa commode qu'elle espère remplir de nouveaux caprices et de petits chantages. De mille choses qui n'ont pas d'importance quand on a une meilleure amie comme Fiona.

Chaque fois qu'elle ouvre la bouche, un soupir sort de la mienne. Papa et maman restent sans rien dire, le nez plongé dans leur assiette. Mais même si Louise m'ennuie, j'écoute tout ce qu'elle dit. On ne sait jamais, elle pourrait tout à coup se mettre à parler de Fiona.

Si j'étais Louise, je passerais mon temps à parler de Fiona. Je dirais à tout le monde combien Fiona est belle et intéressante. Si j'étais Louise, je ne perdrais pas une seconde à parler de qui que ce soit d'autre, non vraiment, je parlerais de Fiona toute la journée, même allongée seule sur mon lit, assise sur les toilettes ou en train de frictionner mes cheveux sous la douche, je me répéterais en boucle, à voix haute, tous les secrets qu'elle aurait pu me confier, simplement pour me rappeler à quel point je compterais pour elle. Franchement, une meilleure amie comme Fiona, ça se savoure tout le temps, comme un caramel mou sur le bout de la langue, comme le générique de Crik et Crok, comme les grasses matinées du dimanche matin. Et Louise n'a rien compris. À croire que dans sa tête, y a une équipe de foot mais qui aurait perdu son entraîneur : ça court dans tous les sens et ça s'épuise sur le terrain sans jamais réussir à mettre le nez sur le ballon ! Ma sœur ne sait pas ce qui est important.

Je fais des nœuds dans mon cerveau en scrutant les lèvres de Louise. Et je bondis à chaque fausse alerte sonore : "Ça me fait penser que fi… nalement", "Je vous ai parlé de Phi… lippe ?", "J'ai une copine qui est fi… liforme". Jamais Fi… ona. La peste, j'en arrive même à me demander si elle ne le fait pas exprès pour que j'avale de travers un de mes petits-pois et qu'elle puisse récupérer ma chambre juste après mon enterrement.

Je me concentre encore un peu sur ce qu'elle dit : "L'autre jour, pendant l'heure de phy… sique-chimie…" Et elle parle, elle parle, elle parle. Et ses histoires débiles prennent toute la place au milieu de la table. Trop c'est trop ! Alors tant pis, je me lance :

– Est-ce que Fiona va venir à la maison, demain ?

Papa relève la tête. Maman relève la tête. Louise tourne la sienne dans ma direction. On dirait que j'ai dit une bêtise. Ou peut-être que, sans m'en rendre compte, j'ai dit ça un peu fort, comme pour couvrir la voix de Louise. Elle se laisse tomber contre le dossier de sa chaise, attrape sa fourchette et pique un bout de steak :

– Mais qu'est-ce que ça peut te faire ? Pourquoi tu demandes ça ?

Comme je ne peux pas dire "Mais c'est hyper important ! Parce que, Fiona, je l'aime, elle est toute ma petite vie ! Je pense à elle le matin, je pense à elle le midi, je pense à elle le soir, et la nuit je rêve d'elle ! Et si elle vient pas demain, c'est sûr, autant que vous m'arrachiez le ventre tout de suite, et tout ce qui s'y trouve, parce que ça me fera pas plus mal que de ne pas la voir pendant deux jours entiers…", je dis simplement :

– Bah… Parce que…

Et je sens bien que mes joues deviennent rouges comme le ketchup dans lequel Louise ne cesse de faire aller et venir son morceau de viande. Elle me regarde avec ses yeux laser, ceux qui peuvent faire des trous dans ma tête pour y lire mes pensées.

– Dis donc, le petit singe, tu serais pas amoureux de Fiona ?

– N'importe quoi ! je lui crie.

– Ah ouais ? Alors pourquoi quand je dis "Fiona" t'as les cheveux qui se dressent sur la tête ?

– C'est pas vrai, tu dis des bêtises !

Mais, quand même, je passe une main dans mes cheveux pour vérifier que tout est normal. Maman rigole, et du coup papa rigole aussi. Louise mord dans son morceau de steak en me lançant :

– T'es grillé, aussi grillé qu'un toast !

– Arthur, tu en pinces pour la copine de ta sœur ? ajoute papa en souriant.

Alors, pour qu'on me laisse tranquille, j'ai intérêt à trouver une sacrée bonne explication. Mon cerveau réfléchit encore mais mes lèvres articulent déjà un début de mensonge :

– Je peux pas être amoureux de Fiona… Moi, je suis amoureux de…

Et là, les visages de toutes les personnes que je connais défilent dans ma tête. Le problème c'est que Fiona est la seule fille dont le prénom brûle mes lèvres, elle évince toutes les autres ! Il y aurait bien Céline Bochaton, dans ma classe, mais elle est tellement vilaine que ça me fait des boutons sur le cerveau rien que de penser à elle. "Moi je suis amoureux de…" et rien d'autre ne me vient que le visage de Fiona qui me sourit, ses jolis yeux clairs et le grain de beauté sur le coin de son nez qui semble me sourire aussi. Papa, maman et Louise me regardent. On pourrait rester là jusqu'à mes quatre-vingts ans que je n'aurais toujours pas de fin à donner à ma phrase… Je ne vais pas m'en tirer si facilement, Louise avale net son bout de viande, j'arrive à le voir descendre tout au fond de sa gorge tandis que les mots remontent dans l'autre sens :

– Alors, t'accouches ?

Quand on a neuf ans, on n'a pas trente-six moyens de se défendre face à une grande sœur déterminée à mettre son nez partout. On peut l'emmener faire un tour en mer et la pousser dans la gueule d'une baleine cannibale, on peut l'assommer et la faire cuire en ragoût si on a une grande marmite, on peut aussi fabriquer une fusée rien que pour elle et l'envoyer sur la lune si on trouve les plans sur internet… Ou bien, si on n'a pas de bateau, pas de grande marmite ni de tournevis, on peut simplement lire son journal intime quand elle a le dos tourné, et garder quelques informations sous le coude, pour les moments d'extrême urgence.

Je prends une grande inspiration et, tout en retenant l'air dans mes poumons, je lâche d'une traite :

– Louise a embrassé un garçon pendant son voyage scolaire à Londres.

J'ai décoché les mots si vite que personne n'a eu le temps de me couper la parole. C'est comme de changer de chaîne en plein milieu du film. Papa reste le bras à l'horizontale, et les petits-pois tremblent en équilibre sur sa fourchette. Maman semble boire une gorgée d'eau interminable dans son verre. Et Louise a les yeux si grands ouverts qu'on dirait une de ses petites peluches débiles qu'elle a accrochées sur son sac à dos. Le temps s'arrête comme ça, un bref instant, si infime que quand il se réenclenche, on aurait tous mieux fait de mettre notre ceinture. Papa baisse le bras d'un coup et les petits-pois volent sur la nappe au moment où la fourchette retombe sur la table. Maman recrache le contenu de son verre d'eau partout dans son assiette avant de reculer sa chaise. Et Louise explose, littéralement. J'ai pas le temps de reculer, je sens juste la claque qu'elle me donne derrière la tête. Et là, je dégaine la deuxième arme la plus efficace quand on a neuf ans : le petit sourire angélique qui m'a tiré d'affaire plus d'une fois. Celui qui dit : "Hein ? Quoi ? J'ai dit quelque chose qu'il ne fallait pas ?"

Louise n'a pas le temps de sauter à nouveau sur moi pour m'étrangler, papa se lance dans un long monologue sur les garçons, l'image qu'on donne, le respect de soi, et une histoire de marchands de fruits que j'ai du mal à saisir. Maman enchaîne sur l'importance des voyages linguistiques, des études, et développe toute une théorie sur les garçons de l'âge de Louise qui ne voudraient qu'une chose. Mais elle préfère mimer la fin de sa phrase en fronçant les sourcils. Et comme Louise lève les yeux au ciel, papa décide de la punir pour cent cinquante ans.

Et je souris, parce que ça veut dire que pendant les cent cinquante ans où Louise sera punie à la maison, Fiona devra venir la voir ici. Sauf que papa ajoute :

– Et tu peux dire à Fiona que tu resteras à la maison à faire tes devoirs tout le week-end ! Interdiction de vous voir !

Non, non, non, ça ne faisait pas partie du plan, ce n'est pas possible, hors de question, *nada*, *niet*, je refuse.

– Papa, tu peux pas faire ça ! je dis en jouant les avocats de Louise.

– Ah tiens, tu m'en diras tant, tu veux être puni, toi aussi ?

– Mais papa, je… Il faut que Fiona… il faut qu'elle vienne à la maison !

– Mais qu'est-ce que vous avez tous avec cette Fiona à la fin ? Vous pouvez pas vivre sans elle un week-end ?

Et là je réponds "Non" en regardant papa droit dans les yeux. Un "Non" genre : "Papa, on parle d'homme à homme là, regarde-moi bien, tu vois, Fiona c'est mon soleil, mon oxygène, c'est l'eau dans mon corps et les Chocapic dans mon bol. Tu peux vivre sans tout ça, toi ? Papa, il faut qu'elle vienne, sinon je vais être plus malheureux que tous ces hérissons écrasés le long des autoroutes quand on va à la Petite Motte l'été." Mais Louise vient tout gâcher, et je me dis que, tôt ou tard, il faudra vraiment que je trouve une grande marmite ou un tournevis :

– La vache, t'es vraiment amoureux d'elle en fait !

– Louise, va dans ta chambre, la punition commence maintenant ! lance maman.

– J'ai quinze ans et je peux pas embrasser un garçon, alors que vous dites rien à Arthur qui est en primaire et qui est amoureux de ma meilleure amie qui est au lycée ? Je rêve…

Maman n'a pas l'air de savoir ce qu'elle doit en penser. Elle regarde papa qui hausse les épaules, et elle essaie sûrement de lui parler par télépathie vu qu'ils échangent tout un tas de drôles d'expressions sur leurs visages. Elle fronce les sourcils, les soulève, puis bégaie en me demandant :

– Arthur est… Arthur, tu… Tu es amoureux de Fiona ?

Et je peux pas mentir à ma maman, elle a des pouvoirs magiques. Quand je mens, elle le sait tout de suite. Alors je prends un ton très solennel, parce que c'est important, et que ce ne sont pas des choses qu'on dit à la légère. Je prends la main de maman, je la pose sur mon cœur, et je lui dis cette phrase à laquelle j'ai pensé après avoir vu un épisode de Magic Eddy l'autre jour.

– Oui, maman. J'aime Fiona. Je l'aime comme les trois lunes d'Amphibiose.

– Une fibrose ? Qui a une fibrose ?

– Fiona a une fibrose ?

Ils se tournent vers Louise avec un air interrogateur. J'aimerais leur dire : "Mais non, maman, papa, vous comprenez rien. Amphibiose, dans Magic Eddy, c'est la plus belle planète de la galaxie. C'est une planète océan, éclairée par trois lunes. Elle est peuplée de sirènes, mais aucune n'est aussi belle que Fiona." Mais maintenant ils s'inquiètent pour Fiona et demandent à Louise si elle sait quelque chose. N'importe quoi.

– Arrêtez ! Fiona n'a rien… Je l'aime et j'en prendrai soin ! Elle peut venir demain, alors ?

Et là, plus un bruit. Plus personne ne parle. Plus personne ne respire.

Et quand Louise se met à rire, papa et maman éclatent de rire à leur tour.

J'aurais dû m'en douter.

De toute façon, l'amour, qu'est-ce qu'ils y connaissent les grands, hein ?

J'aurais mieux fait de me taire, de garder mon secret, de le retenir, précieux, au fond du cœur.

J'aime Fiona.

Elle est faite pour moi et, moi, je suis fait pour elle.

Enfin, je crois.

Et si c'est pas le cas, c'est pas grave. Je trouverai un moyen de la faire changer d'avis.

Ah ça, ils feront moins les malins à notre mariage.

Et quand on viendra habiter ici et qu'on les mettra dehors.

Et quand…

Papa me tape dans le dos :

– Ah, sacré Arthur, tu nous feras toujours rire…

Et maman :

– On a failli marcher, tu nous as bien eus !

Et même Louise semble avoir oublié qu'à cause de moi, elle est consignée à la maison pour le week-end :

– T'es trop zarbi avec tes histoires à la gomme, mais c'était marrant.

Mais pourquoi est-ce que personne ne veut se faire à l'idée que Fiona et moi, on s'aime ? Pourquoi pour eux c'est forcément une blague ? Je suis trop petit pour être amoureux, c'est ça ? Alors pourquoi est-ce que mon cœur bat si fort quand je pense à elle ?

3

Ce soir-là, les pensées sont tristes dans ma tête. Elles vont et viennent en se cognant, comme s'il faisait tout noir à l'intérieur. Maman s'est endormie dans le canapé tandis que papa suit le film à la télévision. Tous les soirs, c'est le même programme : les films à la télévision racontent comment des gens qui souffrent cherchent à faire souffrir d'autres gens encore plus : ils se tirent dessus, se roulent dessus, se hurlent dessus, se tapent dessus. Aucun ne parle de ce que je ressens au fond de moi quand Fiona est là. Les films ne racontent jamais d'histoires de gens qui se tiennent la main et se sourient, de gens qui s'aiment jusqu'à l'infini. C'est sans doute pour ça que les adultes ne comprennent plus rien à l'amour quand ils l'ont sous leur nez.

Fiona est plus grande que moi, et j'ai bien compris que, pour tout le monde, notre différence d'âge ressemble à un problème. Mais il existe forcément un moyen pour qu'on soit ensemble quand même. Je vois pas ce que j'ai de moins qu'un garçon de son âge, et puis peut-être qu'elle, elle s'en fiche d'avoir un amoureux de neuf ans ! Peut-être qu'elles ne comptent pas, ces années entre nous, peut-être que ça serait chouette même et qu'on s'amuserait autant que Louise et elle quand elles traînent dans sa chambre. Avec tous les jeux vidéo que j'ai, peut-être que… Non, il doit y avoir un moyen.

– Papa… Papa, je peux te parler ? Papa, tu m'écoutes ?

– Hein ? Quoi ?

Papa reste assis là, à avaler des courses poursuites, des cris et des coups de revolver. J'essaie de me rapprocher de lui, je dois lui demander son avis maintenant que Louise est dans sa chambre et que maman ronfle doucement.

– Papa, pourquoi est-ce que je pourrais pas être avec Fiona ?

– Arthur, les blagues les plus courtes sont les…

– Non, non, c'est pas une blague… Elle est jolie, elle est intelligente, et elle…

– Arthur…

– Mais quoi, dis-moi pourquoi ?

– Fiona a l'âge de ta grande sœur… Elle a six ans de plus que toi…

– C'est pas grand-chose, six ans ! C'est presque rien.

– À vos âges c'est beaucoup… C'est une adolescente… C'est…

– … C'est la femme que j'aime.

Papa se redresse, il jette un œil en direction de maman qui dort toujours, et se penche vers moi :

– Qu'est-ce qui te fait croire que tu aimes Fiona ?

– Je pense à elle tout le temps.

– Quoi d'autre ?

– Je me souviens de chaque mot qu'elle dit.

– Et puis ?

– Papa, j'ai neuf ans, je sais ce que je dis. Je l'aime. Quand je la vois, je me sens tout flagada.

Papa lève les yeux vers le plafond, on dirait qu'il réfléchit. Puis il prend une inspiration et me dit :

– Mais Fiona est au lycéc. Je sais que c'est dur à comprendre, mais tu… elle est… vous ne pouvez pas être amoureux…

– Bien sûr que si, on peut.

– Écoute, à moins d'avoir une machine à remonter le temps, ou de trouver une pilule qui te fasse grandir d'un coup, tu n'auras jamais le même âge que Fiona. C'est impossible !

Jamais. Impossible. Papa a des mots qui font mal. Alors je me recule et je ramène mes genoux contre moi. Et papa, lui, se remet au fond du canapé en tapotant sur ma tête :

– Ça passera, t'inquiète pas. Ça fait partie de la vie, les chagrins d'amour.

Mais moi, j'ai pas envie que ça passe. J'ai envie que ça reste là, dans mon ventre, dans mon cœur, dans chaque petit bout de moi, tout ce que je ressens pour Fiona, que ça grandisse encore et encore, et que ça nous remplisse. Qu'on ne soit plus faits que de ça. Tout cet amour. Alors là, oui, vraiment, tout serait parfait. Les chagrins d'amour, comme papa les appelle, c'est pour ceux qui abandonnent, ceux qui ne croient plus, ceux qui ont trop peur, ceux qui s'avouent vaincus. Si on baisse les bras dès que c'est compliqué, si on lâche l'affaire, alors on ne va jamais rien vivre de tout ce bonheur-là, on ne va jamais ressentir comment c'est tendre au-dedans, comment ça crépite, comment ça bouillonne, comment c'est plein de caresses, de rires et de joie. Et ce que je ressens pour Fiona, je veux en faire des conserves, des cartons, des caisses, des malles entières, des hangars pleins, des réserves immenses, pour le reste de ma vie.

C'est vrai quoi, si on ne devait aimer que les gens avec qui c'est facile et simple, vivre que des histoires qui ne demandent pas d'efforts, alors quoi ? Est-ce que ce serait encore de l'amour ? Si on ne devait aimer que les gens qui nous aiment, comment il grandirait, l'amour, comment il grandirait en nous ? Alors non, j'ai pas envie de laisser tomber. J'ai pas envie que ça passe, non, pas envie que ça passe.

Papa ne dit plus rien, il recommence à avaler des sirènes de police, des explosions et des sauts dans le vide. Et quand je regarde les images à la télévision, je comprends pourquoi les adultes ne comprennent rien à l'amour. Le héros saute d'un toit à un autre, il ne tombe jamais, il ne trébuche jamais. Je repense au moment où je suis tombé amoureux de Fiona.

J'avais pas les pieds dans le vide et pourtant j'ai chuté, moi. Les adultes, eux, vivent dans un monde où l'on ne trébuche pas, parce que sans cesse ils se raccrochent à des mots comme "Jamais" ou "Impossible", des mots solides et durs qui les empêchent de tomber. Et pour être amoureux, vraiment amoureux, il faut pouvoir tomber. Et j'ai pas besoin d'avoir six années de plus pour comprendre ça.

Le héros du film bondit sur le toit d'un taxi. Et plus rien. C'est les publicités. Papa se relève et enjambe maman qui dort toujours sur le canapé.

– Je vais au petit coin, ne fais pas de bruit, tu vas réveiller ta mère sinon…

La première publicité montre une dame qui a l'air super contente de pouvoir récurer le carrelage de sa salle de bains, et ça la dérange pas toutes ces petites fleurs qui jaillissent de son éponge. Je déteste regarder les publicités depuis qu'ils passent celle sur les mycoses des ongles : on y voit une colonie de bestioles soulever les ongles de pied tels des capots de voiture et s'y installer comme dans un lit douillet. Archidégoûtant. Dans la suivante, pas de bestioles bizarres mais une autre dame qui achète ses yaourts dans une bijouterie. Je détourne les yeux quelques secondes, puis j'aperçois la télécommande sur le rebord du canapé. Je me lève en mode Ninja pour parvenir à l'attraper, sans faire tomber quoi que ce soit, sans réveiller maman. Je retourne m'asseoir, j'appuie sur les boutons pour voir ce qu'il y a de chaîne en chaîne.

Une émission de cuisine.

Un reportage sur des gens qui crient les uns sur les autres.

Un film que j'ai vu dix fois.

Un film que j'ai vu cent fois.

Un mammouth.

… Un mammouth ?

Je me rapproche de l'écran pour ne pas avoir à monter le son. Dans un paysage blanc, au milieu de nulle part, on voit un énorme mammouth prisonnier d'un grand bloc de glace. Autour, les gens se pressent et se bousculent avec leurs outils et leurs engins de chantier. On dirait la découverte du siècle. Un monsieur parle : *"Nous avons beaucoup de chance, la découverte de cet animal est tout simplement incroyable ! C'est la convergence de plusieurs éléments qui a contribué à cela, à commencer par un milieu favorable à sa préservation. Les tempêtes sont fréquentes par ici et, comme au fil des années elles redessinent la topographie du lieu, cela a permis de faire émerger l'animal. Nous avons dû creuser pendant sept jours, à raison de huit heures par jour. D'après nos premières estimations, il s'agit d'un mammouth âgé de quinze ou seize ans, le corps est parfaitement conservé. Vous imaginez, il a vécu il y a à peu près trente mille ans et aujourd'hui nous sommes pourtant plus vieux que lui !"*

Je reste immobile à fixer les images. Dans mon cerveau, les idées fusent à mille à l'heure, comme si c'était une évidence, ce qu'il se passe là sous mes yeux. Un mammouth de quinze ans se balade il y a trente mille ans. Puis arrive la glace. Le mammouth finit dans la glace. Trente mille années passent sans que personne ne sache qu'il y a un mammouth là, quelque part sous la surface. Et un jour, on le déterre, il est aussi intact que quand il avait commencé sa promenade, il a toujours l'air d'avoir quinze ans. Et nous, qui ne sommes pas là depuis très longtemps, on est déjà plus vieux que lui. J'ai l'impression que tout devient clair. La glace. Fiona. La glace. Fiona. Six ans à attendre pour la retrouver, intacte, et moi j'aurai enfin le même âge qu'elle. Mais oui ! J'ai trouvé comment faire pour que notre différence d'âge ne soit plus un problème ! Je vais congeler Fiona pendant six ans, et quand je la ressortirai du congélateur, nous aurons le même âge ! Et ils arrêteront tous de nous enquiquiner avec leurs histoires d'âge, de lycée et de classe primaire, et de qui est trop grand et qui est trop petit…

J'entends les pas de papa dans l'escalier. Je bégaie des doigts sur la télécommande et remets vite le film. Je ne voudrais pas qu'il découvre mon plan avant que j'aie eu le temps de le mettre à exécution. Il se rassied dans le canapé :

– Qu'est-ce que tu regardais ? Tu as l'air euphorique.

– Papa, si je trouve un moyen de réduire la différence d'âge entre Fiona et moi, alors on pourra être amoureux ?

Il sourit.

– Tu n'abandonnes jamais…

– Réponds-moi, papa, si je trouve un moyen… Est-ce que Fiona et moi…

– Oui, oui… mais que comptes-tu faire, un tour de magie ?

– Tu verras !

Je me lève d'un bond, prêt à mettre mon plan au point. Papa me lance :

– Arthur, pas de bêtises, hein ?

– Mais non papa, tu me connais…

– Justement…

4

Dans ma chambre. Je ferme la porte. Je repense au documentaire. À tous ces gens au visage sérieux, à leur découverte. Et surtout au fait que je suis complètement désespéré et qu'il faut bien trouver une solution… Ça m'embête pas, moi, d'embrasser un mammouth si c'est Fiona !

Je sors une grande feuille de papier. Comment congeler Fiona ? Comment faire en sorte de la conserver dans la glace sans qu'elle ait trop froid, sans qu'elle soit trop loin de moi ou qu'elle s'ennuie ? J'ai intérêt à mettre différentes pistes au point si je veux être sûr d'y arriver.

Je repense à tous ces films que j'ai vus, ces dessins animés, ces livres que j'ai lus. Avec toutes les histoires que j'ai ingurgitées, je dois bien être capable d'en trouver une moi-même, un scénario idéal, un plan parfait.

Donc idée n° 1 : Je pourrais essayer de convaincre papa et maman d'annuler les vacances à Barcelone en mai prochain. À la place, je leur suggérerai de prendre un avion pour le Groenland, tous ensemble : "Parce que le Groenland, papa, c'est la nature, c'est sauvage ! Et puis maman dit que t'es un vrai ours parfois, tu te sentiras bien là-bas !" Bon, Louise fera la tronche, elle a déjà parcouru trente-six boutiques pour trouver un maillot de bain qui n'ait l'air ni trop ceci ni trop cela. C'est sûr qu'au

Groenland, son maillot de bain ne servira pas à grand-chose, mais elle se consolera si j'arrive à persuader papa et maman d'emmener Fiona avec nous. Je dirai à papa que le Groenland est l'endroit parfait pour m'apprendre la vraie vie et il faudra bien que Louise ait quelqu'un avec qui jouer pendant qu'on fait des trucs d'hommes. Pour mettre Louise dans ma poche, je dirai que le Groenland c'est "swag". Je sais pas exactement ce que ça veut dire, mais Louise n'aime que les trucs "swag". Et pour être sûr que Fiona vienne, j'expliquerai à tous qu'il vaut mieux être cinq, au cas où on croiserait un ours polaire : deux pour lui tenir les bras, deux pour les jambes, et le cinquième pour l'assommer avec une poêle à frire (note pour plus tard : penser à prendre une poêle à frire, si jamais). Après, lors d'une balade, il suffira que je trouve un trou sur la banquise et que je pousse Fiona dedans. Puis je dessinerai sur la carte l'endroit précis où elle se trouve, et je reviendrai six ans plus tard, ni vu ni connu.

C'est là que ça se complique. Il faudra que je prévoie de dresser quelques pingouins pour m'assister. Certains pour monter la garde quand Fiona sera sous la glace, d'autres pour lui faire à manger, d'autres pour la distraire… Mais qu'est-ce que je raconte ? Je deviens fou, les pingouins, ça ne sait pas faire tout ça. Et je n'ai pas le temps de monter une école de dressage pour recruter l'élite des pingouins. C'est un peu court, six mois, pour apprendre à parler à des pingouins, même s'ils sont surdoués. Bon, comme nous ne sommes pas dans un dessin animé et que le Groenland, c'est quand même un peu loin, autant laisser tomber cette piste…

Chances de réussite : 30 %.

Points positifs : Se faire des copains pingouins, découvrir le Groenland, endroit clair et dégagé où Fiona aurait été tranquille.

Point négatif : Barcelone, ça a l'air sympa quand même.

Idée n° 2 : Je pourrais commander une ère glacière sur internet. Dans le reportage, ils expliquaient qu'il y en a eu une sur Terre il y a genre dix mille ans, ce qui explique sûrement ces histoires de mammouths congelés qu'on ne retrouve que maintenant. On doit pouvoir en acheter sur eBay, pour pas cher. J'ai vu comment ça se passe dans plein de films. Paf ! D'un coup, tu peux plus faire pipi dehors sinon tu te retrouves avec des petites stalactites au bout du zizi. Mais moi, j'aurai prévu le coup : dès réception par la Poste, je m'enferme dans ma chambre avec une bonne doudoune, des paquets de bonbons pour les six prochaines années, et hop, je sors mon ère glacière du carton. Il me suffira de la ranger quand j'en aurai marre, un peu comme à la fin d'un film. Bon, par contre, vu comme maman râle dès que j'oublie de ranger ma chambre, je ne pense pas que ça lui plaise que je mette le bazar partout sur la planète. Le bon côté des choses, c'est que comme elle sera congelée aussi, elle ne pourra plus me gronder.

Voyons voir... Quand je tape "acheter ère glacière" sur Google, tout ce qu'on me propose c'est d'acheter des bacs à glaçons et des glacières pour la plage. C'est mal parti...

Chances de réussite : 20 %.

Point positif : Une méthode qui a fait ses preuves !

Point négatif : On n'en trouve pas sur internet.

Idée n° 3 : Peut-être qu'il faut faire simple. La dernière fois qu'on est allés aux courses, papa m'a crié dessus parce que j'avais réussi à entrer tout entier dans l'armoire des surgelés… Fiona pourrait y tenir facilement elle aussi, et elle ne s'ennuierait pas avec tout ce qu'il y a à voir à travers la porte vitrée. Le problème, c'est le monde qui passe sans arrêt, et je ne voudrais pas que quelqu'un finisse par acheter Fiona… Si je me lance là-dedans, il faudrait carrément que je trouve un moyen de faire fermer le centre commercial. Je pourrais m'en remettre à une vérité absolue : la science-fiction ! C'est vrai quoi, y a le mot "science" dedans. Y a qu'à voir Spiderman : il se fait piquer par une araignée mutante et hop, il peut marcher au plafond. C'est bien la preuve que c'est une science incroyable ! Mais je suis pas stupide, je sais que ce ne sont que des films. Je pourrais m'inspirer d'un film qui a bien marché, d'un scénario qui tient la route, genre *Les Quenottes de la terreur*, cette histoire d'invasion de rats mutants… Bon, ils risquent d'abord de rigoler, les gens, quand je débarquerai en courant à l'accueil du supermarché en criant que j'ai vu passer un rat verdâtre avec une tête qui ressemblait à un clafoutis écrasé, mais c'est bien connu : la vérité sort de la bouche des enfants, même quand c'est des mensonges ! Ils finiraient par me croire en m'entendant déballer tous les détails…

Voilà le plan : je vais faire les courses avec Fiona, je la pousse dans l'armoire des surgelés, puis je me précipite vers les agents de sécurité en criant qu'il y a une invasion de rats mutants qui courent dans les allées et dévorent tout ce qui bouge. Comme personne n'osera aller voir, ils me croiront sur parole. Ils fermeront le centre commercial pour une durée indéterminée. Entre-temps, je me ferai engager comme spécialiste en rats mutants par le gouvernement, comme Brad Pitt dans le film, et on m'enverra de temps en temps voir à l'intérieur du supermarché si les rats sont toujours là. Il faudra que je fasse durer les choses pendant six ans... Puis je délivrerai Fiona de l'armoire à surgelés en faisant croire que les rats la retenaient prisonnière tout ce temps. Non seulement on aura enfin le même âge mais, en plus, je serai un héros ! Bon et euh, sinon, je fini-rai avec une camisole de force dans un asile psychiatrique, parce que tout le monde re-connaîtra l'histoire des *Quenottes de la terreur*, qui est passé à la télévision il y a quelques jours... En fait, je crois que je devrais carré-ment mettre cette idée de côté et la proposer à Hollywood pour faire une suite au film !

Chances de réussite : 5 %.

Point positif : Si je deviens un héros, Fiona va forcément craquer pour moi.

Points négatifs : Je ne sais pas dans quelle école on apprend à devenir spécialiste en rats mutants. On ne trouve pas le numéro de Brad Pitt dans l'annuaire.

Non, non, non, tout ça ne tient pas la route. Je dois me concentrer. Déjà, établir des règles : il faut que je trouve un endroit assez grand pour Fiona. Inutile d'essayer dans le bac à glaçons du frigo, elle n'y rentrerait même pas un orteil. Il y a bien le congélateur au sous-sol mais maman passe son temps le nez dedans, et puis ma belle Fiona ne mérite pas de rester six ans enfermée avec des kilos de poissons panés et de sachets de légumes. Où il était ce fameux mammouth ? Ah oui ça me revient, en Sibérie. C'est grand la Sibérie, ce serait parfait. Mais c'est loin là-bas aussi, j'aurais du mal à y aller tous les jours après l'école pour tenir compagnie à Fiona et garder un œil dessus. S'agirait pas que des gens la trouvent et soient persuadés qu'elle a passé trente mille ans là-dessous. C'est sûr, ils l'exposeraient dans tous les coins du monde, ma Fiona, ils se feraient photographier avec, elle est tellement jolie. Donc, il me faut un endroit grand, pas trop loin, et avec pas trop de passage… Ça me ramène plus ou moins au congélateur du sous-sol. Bon, c'est pas gagné. Peut-être que je dois revoir mes critères à la baisse…

Il va falloir faire le tri dans tout ça… Demain, je me déciderai.

Allongé dans mon lit, mes dernières pensées avant de m'endormir vont vers Fiona.

Passe une bonne nuit, ma jolie princesse, ne t'inquiète pas, je vais trouver une idée. Tu m'en voudras peut-être un peu au début, mais je fais ça pour nous. Tu seras le plus beau mammouth que la terre ait jamais connu.

5

J'ai fait un drôle de rêve cette nuit. Du genre tellement bizarre que j'ai du mal à savoir si c'était un rêve ou un cauchemar. Fiona était toute bleue, et on mangeait des glaces à l'eau assis sur des poissons panés. Il y avait des pingouins aussi, des pingouins par milliers. Je crois que Fiona était devenue leur reine. Ils la soulevaient du sol en la faisant sauter en l'air. Et moi, je courais derrière eux, et je finissais par glisser sur des kilomètres de banquise, une banquise sans fin... si grande que je n'apercevais plus Fiona.

Je grelotte comme si le froid dans mon rêve continuait d'imprégner chaque centimètre de mon pyjama. Je reste blotti au chaud sous ma couette. De toute façon, à quoi bon sortir du lit ? Papa va me demander de l'accompagner faire des courses, maman de ranger ma chambre, et Louise va encore m'embêter jusqu'à ce que les rediffusions de son émission de téléréalité préférée commencent. Et puis les heures vont passer, et cette journée sera interminable, comme n'importe quelle journée sans Fiona.

J'entends des bruits dans le couloir. Comme des chuchotements. Et des éclats de rire. J'ai à peine le temps de lever la tête vers la porte qu'elle s'ouvre d'un coup. Je vois Louise et, derrière elle, j'aperçois les cheveux blonds de Fiona. Mon cœur s'arrête immédiatement de battre, comme si trop de battements à la même seconde venaient de le faire disjoncter. Louise hurle :

– Alors, microbe, toujours à câliner tes doudous ?

Je n'arrive pas à répondre, l'image de Fiona est incrustée dans ma rétine. Elle est belle comme mille soleils qui viendraient de se lever dans ma chambre. Louise arrache la couette que je serre mollement contre moi.

– Montre à Fiona ton joli pyjama !

Fiona rigole en me détaillant du regard. Il me faut quelques secondes pour retrouver mes esprits. Quand je baisse les yeux, j'aperçois mon pyjama safari, avec plein de petits animaux qui dansent. La honte. Louise s'assied sur mon lit. Je n'ai toujours pas réussi à dire un mot. Fiona reste debout, au pied du lit.

– Tu vois, je suis pas rancunière… Même si j'ai été punie à cause de toi hier, j'ai eu envie de te donner un petit coup de main…

– De quoi tu parles ?

Je la regarde de travers. Je m'attends à un sale coup. J'ai hérité de la grande sœur la plus fêlée du pays.

– Papa et maman sont allés au marché. On est seuls pendant deux bonnes heures. J'ai dit à Fiona de venir à la maison…

Louise se lève et attrape Fiona par l'épaule. J'arrive à voir dans les yeux de ma sœur comme des petites flammes qui dansent.

– Tu n'as rien à dire à Fiona ?

Je remonte la couette sur moi. Mes yeux passent de Fiona à Louise, et de Louise à Fiona. Je regarde la porte de ma chambre. Si seulement papa et maman pouvaient surgir. Louise continue :

– Bon alors je vais parler à ta place. Fiona, je te présente ton amoureux !

Fiona pouffe de rire. Je suis pétrifié. Le temps semble s'être arrêté et c'est Louise qui tient la manette, elle l'accélère et le stoppe à volonté. J'arrive à baragouiner quelques mots :

– N'importe quoi ! J'ai dit que c'était pour rire, hier !

– Ta ta ta… ta discussion avec papa hier soir devant la télévision était très instructive !

– T'étais même pas là !

– Mais j'entends tout… Je suis une grande sœur, les grandes sœurs aussi ont des superpouvoirs.

Les larmes me montent aux yeux. J'ai envie de pleurer. Comme quand on veut se défendre de quelque chose mais qu'on n'y arrive pas. Je n'ose plus regarder Fiona, j'ai trop peur de croiser son regard, qu'elle se moque de moi, qu'elle éclate de rire et que tout s'arrête là, comme ça, d'un coup.

Fiona s'assied sur le bord de mon lit. Elle pince ma joue. D'une voix douce elle me dit :

– T'es trop chou, toi… Trop trop trop. Mais t'es trop petit pour moi. Trop trop trop.

Et tandis qu'elle fait balancer ma tête d'un côté puis de l'autre, je sens une vague de froid monter le long de mes jambes et de mes bras.

Louise tire sur son bras en me jetant un regard noir :

– Allez, viens, je crois qu'il a eu son compte… Et toi, microbe, t'avise plus de regarder dans mon journal intime, on a tous des secrets qu'on aimerait bien garder.

Elles sortent de ma chambre. Je reste là, seul, assis dans mon lit. J'ai envie de disparaître de la surface de la terre.

Sous ma couette, je repense au mammouth. À la glace. À tous ces gens heureux qui se tenaient près de lui, fiers de l'avoir trouvé. Je repense à mon plan d'hier soir, à cette idée qui devait nous permettre d'être réunis, Fiona et moi, dans six ans.

Est-ce qu'il est trop tard ? Si je suis trop petit pour Fiona, alors peut-être que tout ira mieux quand je serai plus grand ?

Je sors du lit. Je m'avance dans le couloir et me poste en haut des escaliers pour écouter Louise et Fiona papoter dans le salon du bas. Les sujets de discussion s'enchaînent, pas une seule fois elles ne reparlent de moi. Je ne sais pas si je dois me sentir soulagé ou triste. Et ce que j'espérais arrive… Louise demande à Fiona d'aller chercher des glaces dans le congélateur du sous-sol tandis qu'elle guette le début de leur émission sur le poste de télévision. Quand j'entends le mot congélateur, un frisson me traverse des pieds à la tête. C'est peut-être ma seule chance. Ne plus réfléchir.

Pas le temps pour ça. L'opération mammouth est lancée.

J'emprunte les escaliers sans faire de bruit, en longeant le mur. Je passe à quelques mètres de Louise, elle ne me voit même pas. Je saute jusqu'à la porte du sous-sol. Fiona l'a laissée entrouverte. Je l'entends qui fouille en bas dans le grand congélateur. Je sais que ce sera compliqué de cacher Fiona là pendant six ans, mais je me débrouillerai : j'apprendrai à faire la cuisine, j'irai chercher tout ce dont maman a besoin tous les jours, je viendrai ici avec mon oreiller et ma couette, le soir, quand tout le monde sera couché. C'est l'affaire de six années.

Je descends au sous-sol sur la pointe des pieds. Je me contorsionne pour apercevoir Fiona. Elle est penchée dans le grand bac du congélateur, sans doute à la recherche de son parfum de glace préféré. C'est facile, j'ai juste à arriver jusqu'à elle et à la pousser de toutes mes forces. Elle va tomber dedans, je n'aurai plus qu'à refermer le couvercle. Je dirai à Louise qu'elle a dû rentrer chez elle. Et le reste, on verra bien au fur et à mesure.

J'arrive en bas des escaliers.

Je me faufile en silence.

J'arrive juste derrière Fiona.

Je prends mon élan.

Et de toutes mes forces je…

… pose mes mains à plat sur ses fesses.

Sauf que de la force, je n'en ai pas tant que ça.

Rien ne se passe.

À part que maintenant, j'ai les deux mains sur les fesses de Fiona.

Fiona se redresse.

Elle se retourne.

Ses yeux ronds.

Sa bouche ronde.

Et un cri, qui tourne en rond au moment où sa main touche ma joue.

Une claque.

– NON MAIS RETIRE TES MAINS DE LÀ ! ÇA VA PAS OU QUOI ?

Ce n'était pas vraiment le plan.

Fiona crie, elle remue les bras. La lumière du sous-sol s'allume. Louise apparaît comme si elle venait de se téléporter. Fiona mime ce qui vient de se passer. Je mets mon cerveau en pause le temps que toutes les choses horribles qu'elles disent cognent sur moi. Que je suis un obsédé, un petit dégoûtant, que j'ai mis la main aux fesses de Fiona. Je suis un peu soulagé qu'elles n'aient pas vraiment compris ce que j'avais en tête avec le congélateur. Et un peu soulagé aussi car, Louise n'ayant pas le droit de faire venir Fiona à la maison ce week-end, elle gardera le secret et papa et maman ne seront jamais au courant de ce qui s'est passé.

Mais qu'est-ce qui m'a pris ?

Je voulais mettre Fiona dans un congélateur. Ça fait un peu serial-killer.

Ma belle Fiona, traitée comme un vulgaire mammouth. Ça me semblait une bonne idée il y a encore quelques secondes, et là, d'un coup, je me sens juste bête. Comment j'ai pu penser faire ça ?

Les filles remontent. Je reste seul dans cet endroit sombre et sans vie. Je tremble. Doucement, mon cœur redevient tout petit, et mon cerveau retrouve sa taille normale. Enfin je pense dans le bon sens. Quand on aime, le cœur prend toute la place, il gonfle, gonfle et gonfle encore jusqu'à devenir immense pour qu'on puisse décoller du sol.

C'est le cerveau qui pèse lourd, le cerveau qui nous retient sur terre. Alors quand le cœur se remplit et grandit, le cerveau, lui, rétrécit et se fait minuscule. De tout là-haut, du haut de mon amour pour Fiona, j'arrivais à voir les mammouths gelés en Sibérie. Mais Fiona n'est pas un mammouth, et ce que je ressens, ce n'est pas le froid de la Sibérie, c'est le froid à l'intérieur de moi, dans ce petit cœur qui ne me soulève plus du sol.

Maintenant que Fiona me déteste pour de bon, je sais ce qu'il me reste à faire. Je ne vais pas garder Fiona dans le congélateur ni sous la banquise de Sibérie. Ce sera dans mon cœur, qui ne se réchauffe plus. Mon petit cœur qui est plein de givre, de glace et de chagrin. Et dans six ans, elle y sera sans doute encore. Et moi, j'aurai grandi. Il ne pourra plus jamais fondre, ce cœur.

Il est trop triste au-dedans. Les souvenirs y resteront pour la vie. C'est ça que papa appelait un "chagrin d'amour".

Je n'ose plus m'approcher du congélateur. Je crois que je ne mangerai plus jamais rien de congelé.

Je vais rester assis là, jusqu'au retour de papa et maman.

6

Des semaines ont passé.

Je n'attends plus à la fenêtre. Et je ne guette plus le bas de la rue, au loin.

Je n'ai plus peur de louper quelque chose.

J'ai plus important à faire.

J'ai recommencé à capturer des cow-boys, des Indiens ou des extraterrestres dans le jardin de Noé.

Je ne rate plus aucun épisode de Magic Eddy à la télévision.

Je suis toujours là pour donner un coup de main à mes armées de Playmobil pour piloter le grand vaisseau.

Et puis, je me suis rendu compte que Fiona est aussi bête que ma grande sœur, en fait. Je ne m'étais pas trompé tant que ça quand je l'avais prise pour un mammouth. Maintenant, au mieux elles m'ignorent toutes les deux, au pire elles ricanent quand je passe en courant devant la chambre de Louise pour aller m'enfermer dans la mienne. Il paraît que Fiona a un petit copain. Louise s'amuse à en parler à table.

Le froid m'a fait grelotter dans mon lit pendant quelque temps. J'étais triste, c'est sûr, on n'oublie pas l'amour de sa vie comme ça, en un claquement de doigts. Il a fallu que je range dans un carton tous les poèmes que j'avais écrits pour Fiona, tous les dessins que je lui avais faits. Et puis finalement, j'ai rangé le carton à sa place : dans la grosse benne à ordures en bas de la rue. J'ai eu comme un soulagement en pensant au fait que mes sentiments les plus intimes allaient être broyés, déchiquetés, recyclés. Et que j'allais pouvoir en fabriquer d'autres, un jour.

Mais ce n'est pas venu tout de suite.

Le reportage sur le mammouth congelé est repassé à la télévision plusieurs fois. Chaque fois j'ai zappé. Elle serait simple, la vie, si on avait livré nos cœurs avec une télécommande. Hop, j'aurais appuyé sur le bouton jusqu'à ce que Fiona ne passe plus en boucle dans mes pensées.

Mais il faut attendre que ça passe.

"Avec le temps, va, tout s'en va."

C'est ce que disent toutes les chansons.

Quand elles parlent d'amour, c'est forcément un peu triste.

Celles qui en parlent bien en tout cas, car les autres sonnent toutes un peu débiles.

Dans les musiques de papa, j'en ai trouvé une qui dit qu'il faut laisser entrer le soleil.

Je ne l'ai pas écoutée beaucoup mais, comme les paroles répètent ça en boucle, j'ai bien retenu la leçon.

Je l'ai attendu, ce soleil. Pendant des jours, des semaines, des mois.

Pas juste qu'il fasse beau. Mais qu'il fasse vraiment beau. Comme quand d'un coup on a l'impression d'y voir plus clair.

Et puis un matin, j'ai trouvé qu'il faisait plus beau dehors qu'à l'ordinaire. Quand je me suis levé, ce début de journée ressemblait pourtant à tous les autres. Je suis sorti de mon lit. J'ai fait pipi. J'ai pris mon petit-déjeuner. Je me suis lavé la figure. J'ai enfilé mon slip, mon tee-shirt, mon pull, mon jean, mes chaussettes, mes baskets. J'ai regardé un bout de dessin animé pendant que maman finissait de se préparer. Je me suis brossé les dents. J'ai mis ma veste. Mon cartable sur le dos. Et dans la voiture, on a écouté trois musiques, comme d'habitude, parce que c'est pile ce qu'il faut pour arriver à l'école. Sauf qu'une fois que j'ai passé le portail, j'ai remarqué comme une drôle d'agitation. Tous les copains formaient un cercle dans la cour de récréation. La maîtresse m'a fait signe d'approcher du groupe. Tout le monde avait l'air content.

Quand ils se sont écartés, tout est devenu différent. Plus beau, plus lumineux.

La maîtresse nous a présenté Bettina, la nouvelle élève.

Il était là, le soleil qu'il fallait laisser entrer.

Bettina, elle a mon âge.

Elle a des yeux qui sourient, et des pe-tites taches de rousseur qui constellent ses joues.

Elle m'a regardé droit dans les yeux, et moi, quand j'ai vu son tee-shirt Magic Eddy, j'ai tout de suite su que Bettina et moi, on allait tomber amoureux.

Je vous l'ai dit, c'est bête un cœur, ça s'ouvre pour un rien, et ça bat la chamade, ça s'épluche même, comme un artichaut. Mais un cœur, c'est aussi tout un pan de magie à l'intérieur de soi. Un cœur, on n'en a peut-être qu'un, mais il sait faire un truc dingue : on peut le briser une fois, dix fois, mille fois, il reste là, prêt à aimer. Et je suis sûr d'une chose : c'est quand on cesse de tomber amoureux qu'il se brise pour de bon.

J'ai souri à Bettina. Et j'ai pris sa main pour l'emmener dans la classe avec les autres élèves.

On a parlé de Magic Eddy.

On a parlé des copains.

Bettina n'avait jamais le "seum".

Et Bettina, elle, n'avait rien d'un mammouth.

Ce jour-là, alors que je ne m'y attendais pas, je suis tombé de nouveau amoureux.

Et Fiona dans tout ça ?

… Fiona qui ?

Reproduit et achevé d'imprimer en février 2015 par l'imprimerie
Normandie Roto Impression s.a.s. à Lonrai pour le compte des éditions
ACTES SUD, Le Méjan, Place Nina-Berberova, 13200 Arles.
N° d'impression : 15000441
Dépôt légal 1re édition : mars 2015 - Imprimé en France